Para Liam y Anouska,
de todo corazón, C.F.

Para Lorcan, Mark, Gerry y para Tiziana, J. B-B.

Título original: *Hushabye Lily*
Publicado por primera vez en Gran Bretaña
por Magi Publications, Londres, 2002

ISBN 84 488 1503 3

Impreso en Bélgica

Una nana para Nina

Claire Freedman
John Bendall-Brunello

Se ha hecho de noche.
La luna brilla en el cielo.
–¿Aún estás despierta, Nina? –pregunta Mamá
Conejo–. Ya es hora de dormir.
–¡Lo intento mami, pero no puedo! –dice Nina–,
Hay mucho ruido en la granja.
Y levantando la oreja pregunta:
–¿No oyes un "cuac-cuac"
a lo lejos?
–¡Chiss! –susurra Mamá

—¡Chiss! —susurra Mamá Conejo—.
Son los patos, que descansan en el estanque.
—¡Lo siento, Nina! —le dice un pato de pico dorado.

–¿No te dejamos dormir? Estamos cantando canciones de cuna. ¿Quieres que te cante una?
–¡Ui, sí, por favor! –le pide Nina.

El pato estira el cuello y comienza a cantar
la nana más bonita que conoce.
–¡Es preciosa! –bosteza Nina medio dormida.
–¡Chisss! –dice el pato. Y en silencio se marcha al estanque,
donde se refleja la luna.

—¡Uuh-uuh! —ululaba
el búho sobre el tejado
del establo.
—¡Silencio, señor Búho!
—le pide Mamá Conejo.
Y el búho marcha
volando en silencio hacia
el interior del bosque.

UUH-UUH

UUH-UUH

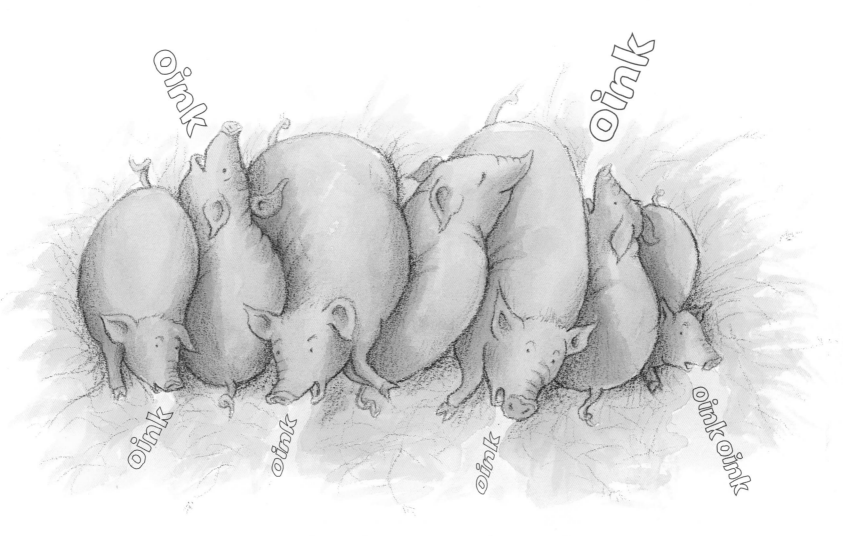

–¡Oink-oink! –gruñen los cerditos,
acurrucaditos en su lecho.
–¡Chiss! –dice Mamá Conejo– ¡Silencio!
Por fin, Nina cierra los ojos...

...Pero no tarda mucho en abrirlos de nuevo
y levantando las orejas pregunta:

–¿No oyes un "muuuu" a lo lejos?

–¡Chiss! –dice Mamá Conejo–. Sólo es el mugido
de las vacas del establo.

–¡Lo siento, Nina! –se disculpa la vaca
abriendo mucho sus grandes ojos negros– ¿Te hemos
despertado? Estábamos contando cuentos.
¿Quieres que te cuente uno?

–¡Ui, sí, por favor, me encantaría
–responde Nina.

Entonces la vaca le contó el cuento más bonito que sabía.

–¡Es precioso! –dice Nina dando un gran bostezo.

–¡Chiss! –susurra la vaca. Despacio se da media vuelta
y se marcha sin hacer ruido hacia su establo.

–¡Miau, miau! –maúlla la gata de la granja,
acunando a sus gatitos.

MIAU

Iá - Iá

—¡Iá-iá! —brama el asno que duerme
en su lecho de paja.
—¡Chiss! —susurra Mamá Conejo— ¡Silencio!
Por fin, Nina cierra los ojos...

...Pero no tarda mucho en abrirlos de nuevo
y levantando las orejas pregunta:
–¿No oyes un "coc-coc" a lo lejos?
–¡Chiss! –susurra Mamá Conejo–. Sólo son las gallinas
que descansan en el corral.
–¡Lo siento, Nina! –se disculpa la gallina
de cresta encarnada.

–¿Te hemos despertado? Estábamos dando saltitos en la paja para hacernos un lecho mullido. ¿Quieres probarlo?

–¡Ui, me encantaría! –responde Nina.

Entoces, la gallina le pone a Nina un montoncito de paja
bajo la cabeza, como un cojín blandito.
—¡Qué bien! —dice Nina. Y en seguida se le vuelven a cerrar los ojos.
—¡Chiss! —susurra la gallina—. Y de puntillas se marcha
a su gallinero sin hacer ruido.

–¡Chiss! –susurran los patos
en el estanque.

–¡Chiss! –mugen bajito las vacas para que callen
las hojas de los árboles.

—¡Chiss! —cacarean las gallinas
al silbido del viento.

–¡Chiss, Nina! –susurra Mamá Conejo,
acurrucándose a su lado.
La luna brilla en el cielo.
Todo está en silencio, pero a lo lejos,...

...En un rincón del establo, un potrillo
abre los ojos y levantando las orejas pregunta:
–¿Mami, no oyes un silbido a lo lejos?
–¡Chiss, duerme tranquilo! –le susurra su madre–.
¡Sólo es Nina, que ronca en sueños!